GÉRARD MORDILLAT
JÉRÔME PRIEUR

Corpus Christi

Résurrection

arte
Éditions

ÉDITIONS MILLE ET UNE NUITS

MORDILLAT/PRIEUR

Texte intégral

INÉDIT

Ce livre est tiré de la série télévisée *Corpus Christi*
coproduite par Archipel 33 et La Sept/Arte.

ISBN : 2-84205-309-5
Achevé d'imprimer en mars 1997
par G. Canale & C. Spa (Turin, Italie)

Sommaire

Évangile selon Jean (XIX, 17 à 22)

Ils prirent donc Jésus
Et portant lui-même sa croix
Jésus sortit vers le lieu dit « du crâne »
Qui en hébreu se dit Golgotha
Où ils le crucifièrent
Et avec lui deux autres
Un de-ci, un de-là
Et au milieu Jésus.
Pilate écrivit aussi un écriteau
Et le fixa sur la croix
Il y était écrit
« Jésus le Nazôréen, le roi des Juifs »
Cet écriteau beaucoup de Juifs le lurent
Parce que le lieu où Jésus fut crucifié
Était proche de la ville
Et c'était écrit en hébreu, en latin et en grec.
Les Grands Prêtres des Juifs dirent à Pilate :
« N'écris pas : le roi des Juifs, mais qu'il a dit :
"Je suis le roi des Juifs." »
Pilate répondit :
« Ce que j'ai écrit, je l'ai écrit. »

Remerciements
Les auteurs tiennent à remercier Armelle Lantier-Plazanet pour son aide et sa patience, ainsi que toutes celles et tous ceux qui les ont accompagnés au cours de leur travail.
Leur particulière gratitude va à Denis Freyd d'une part, à Thierry Garrel et à Jérôme Clément d'autre part grâce auxquels a pu être réalisée la série *Corpus Christi*, et à Victor Rocaries sans qui cette intégrale n'aurait pu être menée à terme.

Introduction

Quelles que soient nos croyances ou nos convictions, comment se fait-il que nous connaissions aussi peu les origines du christianisme ?

Comment mettre en évidence que les écrits fondateurs qui composent le Nouveau Testament sont le résultat d'une longue élaboration ?

Comment rappeler que les Évangiles, avant d'être un texte sacré, constituent d'abord un texte ?

Comment montrer que cette histoire, tellement investie au cours des siècles par les interprétations religieuses, risque de disparaître sous elles ?

Avant d'interroger chaque phrase du récit de la Passion dans l'Évangile selon Jean, d'en soumettre chaque élément aux hypothèses les plus avancées de la recherche historique, et de la critique textuelle, il faut se défaire de deux préjugés qui, depuis toujours, obscurcissent le débat entre les chercheurs.

D'une part, le « christo-centrisme », c'est-à-dire la tendance des exégètes à tout expliquer – même les impasses du texte – par la certitude indiscutable que Jésus est le Christ.

D'autre part, le soupçon de préméditation ; c'est-à-dire le préjugé supposant que ces textes, aussi divers soient-ils, ont été écrits ou réécrits dans le but de tromper les lecteurs, de les attirer vers l'Église, comme l'ont défendu les historiens « rationalistes ».

Au regard des modes de fabrication, des procédés d'écriture, des anachronismes, des anomalies de ces textes, ni le « christo-centrisme » ni la « préméditation » ne sont des *a priori* recevables.

Ce qu'il faut sans cesse rappeler, en revanche, c'est que les Évangiles ne sont pas contemporains des événements qu'ils décrivent et qu'ils poursuivent d'autres buts que de dire l'histoire. De même que Jésus n'a jamais été chrétien, le christianisme primitif (avant la lettre) est radicalement étranger au modèle catholique et romain auquel il allait finir par donner naissance.

Pour être appréhendée dans sa complexité, la question historique doit donc l'être sur un double terrain. Elle doit l'être dans le cadre du judaïsme du début du Ier siècle, à l'intérieur des données sociales, politiques et religieuses de la Palestine et non selon une grille moderne d'interprétation. Elle doit l'être sans jamais oublier non plus le cadre dans lequel ces textes ont été écrits, c'est-à-dire au moment où le christianisme émerge du judaïsme palestinien et s'en sépare ; au moment où la Palestine par deux fois, en 70 puis en 135, va être vaincue par l'Empire romain.

Corpus Christi touche à un domaine si complexe que nous n'avons, évidemment, ni la naïveté ni la prétention de répondre de façon catégorique aux questions que nous nous posons.

En revanche, nous avons eu l'ambition de n'en omettre aucune, d'y revenir de plusieurs points de vue, sous plusieurs formes afin de serrer au plus près les énigmes qui circonscrivent cet immense domaine de recherche qu'est aujourd'hui, à travers le monde, l'étude du Nouveau Testament et des origines du christianisme.

En d'autres mots, pouvons-nous, et comment, mesurer ce qui sépare le Jésus de l'Histoire de la figure de Jésus-Christ dans la tradition chrétienne ?

Son corps crucifié fut-il celui d'un Dieu ?

Celui d'un homme ?

Ou le corps d'un texte ?

Résurrection

Comme bien d'autres condamnés dans les provinces romaines, Jésus meurt crucifié. Cette exécution a lieu probablement aux alentours de la Pâque juive, sous le préfectorat de Ponce Pilate, dans les années 30 de notre ère…

La mort par crucifixion est particulièrement cruelle. Dans certaines conditions, l'agonie peut se prolonger plusieurs jours. Ce n'est pas le cas pour Jésus, qui, selon les Évangiles synoptiques (Marc, Matthieu, Luc) expire au bout de quelques heures. Pilate lui-même « s'étonne qu'il fût déjà mort » (Marc XV-44).

Dans l'un des plus anciens documents chrétiens, *l'Épître aux Corinthiens*, dont la datation remonterait aux années 55-56, l'apôtre Paul se fait l'écho d'une tradition qu'il transmet et proclame que « Christ est mort pour nos péchés selon les Écritures, il a été mis au tombeau, il est ressuscité le troisième jour selon les Écritures ».

La fuite des disciples

Entre la crucifixion de Jésus le Nazôréen et l'affirmation de la résurrection de Jésus-Christ que s'est-il passé ? Et pourquoi ?

Le verset 56 du chapitre 26 de l'Évangile selon Marc indique que, dès son arrestation, les disciples de Jésus « l'abandonnant, s'enfuirent ». L'Évangile selon Matthieu reprend cette indication que Luc omet et que Jean réinterprète comme un ordre de Jésus : « Laissez ceux-là partir »... Par après, les rédacteurs des Évangiles tenteront de justifier l'attitude des disciples en invoquant le livre *de Zacharie* : « Je frapperai le pasteur et les brebis seront dispersées. » Mais, malgré les ajouts rédactionnels de l'Évangile de Jean (la mère de Jésus et le disciple bien-aimé placés au pied de la croix), on peut légitimement penser que Jésus est monté au supplice abandonné de tous, qu'il est mort dans une solitude complète sans autres témoins que ses bourreaux.

La fin

Les évangélistes qui écrivent, rappelons-le, trente ou quarante ans après la mort de Jésus, ne s'accordent pas sur ce qu'auraient pu être ses dernières paroles.

Marc et Matthieu soutiennent qu'il trépasse en poussant un grand cri : « Mon Dieu, mon Dieu, pourquoi m'as-tu abandonné ? » (Marc XV-34, Matthieu XXVIII-46). Luc place sur ses lèvres cette phrase : « Père, entre tes mains, je remets mon esprit » et, selon Jean, Jésus dit simplement : « J'ai soif » puis, après avoir pris le vinaigre : « Tout est consommé »... Il ne faut pas lire ces différences comme des différences de « témoignage » mais comme l'expression de positions théologiques différentes selon le projet des évangélistes qui visent chacun une communauté donnée ou un groupe sociologique particulier.

Jean est le seul à affirmer que les Juifs réclament à Pilate qu'on brise les jambes de Jésus et des deux autres condamnés pour précipiter leur fin. En effet, selon Deutéronome 21, la Loi prescrit que, sous peine de malédiction, le cadavre d'un supplicié doit être enseveli avant le coucher du soleil. Il y a donc urgence, du point de vue des Juifs, à ce que l'agonie s'achève.

Les soldats brisent alors les jambes des deux larrons, ainsi les hommes ne peuvent plus ni se redresser ni faire de tractions ; ils meurent rapidement par asphyxie. Pour Jésus, cette manœuvre s'avère inutile : « Arrivés à Jésus, voyant qu'il était déjà mort, ils ne lui rompirent pas les jambes... » (Jean 19, 33).

Le cadavre des suppliciés

Les sources historiques de l'Antiquité permettent de dire que, si les cadavres des condamnés n'étaient pas laissés accrochés au gibet, livrés aux chiens et aux rapaces, ils étaient jetés à la fosse commune. Comme d'autres exégètes, Alfred Loisy estime que ce fut là le sort de Jésus et que ses bourreaux se débarrassèrent de son cadavre sans autre précaution. Il suggère d'ailleurs que le « champ du sang », placé dans l'Évangile de Matthieu à propos de Judas, désigne en fait « le cimetière affecté à ceux qui étaient morts dans le sang, de mort violente et infamante, comme les suicidés et les suppliciés ».

Dans certains cas, en revanche, les familles des suppliciés pouvaient obtenir l'autorisation d'inhumer le mort selon leur gré. Flavius Josèphe et Philon d'Alexandrie témoignent de telles mesures mais aussi l'archéologie : les seuls restes jamais découverts d'un crucifié l'ont été dans un ossuaire près de Jérusalem, ce qui atteste bien que son cadavre avait été rendu à sa famille et enseveli par ses soins.

L'ensevelissement

Pour Jésus, il n'en n'est rien : ni sa mère, ni ses frères, ni sa famille ne semblent préoccupés de son cadavre. Ils sont absents de la scène. De façon surprenante, pour se charger du mort, les Évangiles font intervenir un notable juif, Joseph d'Arimathie, dont nous apprenons par le récit de Jean qu'il est « un disciple secret de Jésus ». Et c'est ce mystérieux Joseph qui réclame à Pilate le corps de Jésus, et, selon Marc, réputé le plus primitif des Évangiles, qui le place « dans une tombe taillée dans le roc ».

Matthieu, Luc et Jean renchériront sur cette rédaction, magnifiant la sépulture de Jésus à la lumière du « quatrième chant du serviteur » d'*Isaïe* : « On l'a enterré comme un scélérat dans une tombe de riche » (Isaïe LIII-9).

La ville d'Arimathie d'où Joseph serait originaire n'est pas localisée avec précision ; on l'identifie traditionnellement à Ramathaïm, situé au nord-ouest de Jérusalem. Bernard Dubourg, dans *L'Invention de Jésus*, avance une hypothèse plus audacieuse : Arimathie calquerait l'hébreu « HRY MWT » (« après la mort »).

Joseph d'Arimathie serait donc celui qui vient « après la mort »...

Après la mort

À lire les synoptiques et l'Évangile selon Jean, aucune toilette mortuaire n'est spécifiée, ce qui paraît tout à fait invraisemblable au regard des rites funéraires juifs. Chez Marc et chez Luc, les femmes reportent au lendemain du sabbat les soins dus au mort, alors que, comme le souligne Joseph Klausner, « selon la Mishna, on peut oindre un mort et lui retirer son linceul même le jour du sabbat ». Chez Jean, fait plus étrange encore, le corps de Jésus est lié de bandelettes et entouré d'un mélange d'une trentaine de kilos de myrrhe et d'aloès ! De surcroit cette tâche est curieusement dévolue à deux hommes : Joseph d'Arimathie, toujours, et Nicodème, un pharisien, un « notable des Juifs » qui apparaît également au début de l'Évangile de Jean pour débattre avec Jésus.

Remarquons que la mention des aromates peut provenir d'une citation du *Psaume* 45 («Tous tes vêtements embaument la myrrhe, l'aloès »), et que, si l'on ôte à Joseph d'Arimathie et à Nicodème la qualité de « disciples », ce sont deux fossoyeurs que l'on voit à l'œuvre…

Mais cela n'est pas le plus curieux.

C'est leur travail lui-même qui laisse perplexe. Car, si l'on suit le texte de Jean, le corps de Jésus incisé par le coup de lance d'un soldat romain, vidé de tous ses liquides, semble littéralement momifié à la façon d'une dépouille pharaonique. Cet embaumement vise sans doute à souligner le caractère précieux du corps de Jésus, à montrer que – contrairement à ce que l'histoire laisse supposer – on en aurait pris un soin extrême. En outre, cet épisode absent des autre Évangiles ne correspond à aucune prescription ou pratique juive. Alors peut-être a-t-il été rédigé en Égypte ? Mais pourquoi, contre toute évidence, Jean s'ingénie-t-il à faire entendre le contraire puisque Jésus est mis au tombeau, affirme-t-il, « selon les coutumes des Juifs d'ensevelir » ?...

Pourquoi tant d'invraisemblances ?

Un récit écran

N'avons-nous pas affaire pour l'ensemble de cet épisode à un récit écran, un récit dont le projet essentiel n'est pas nécessairement de raconter l'histoire et de dire ce qui s'est réellement produit, mais d'affirmer que le corps de Jésus n'a pas été laissé à l'abandon? Et plus encore d'insister sur la présence de son cadavre dans la tombe, d'insister par conséquent sur la réalité physique de Jésus.

Cette insistance est telle que, dans l'un des premiers écrits apocryphes chrétiens, l'Évangile de Pierre dont on situe la rédaction finale dans la seconde moitié du IIe siècle, c'est dès le prononcé de la sentence capitale, avant même l'exécution, que Joseph d'Arimathie va réclamer à Pilate le corps de Jésus…

« Il n'est plus ici »

Dès lors que l'on se donnait la peine d'assurer que le cadavre n'avait pas disparu dans une fosse commune, cela impliquait l'existence d'un tombeau. Mais, paradoxalement, toute l'antiquité chrétienne va ignorer où se trouve celui de Jésus.

Le Saint Sépulcre que l'on visite aujourd'hui à Jérusalem n'a été « inventé » sur le plan archéologique qu'aux alentours de l'an 325, sous le règne de l'empereur Constantin, « à la suite d'un avertissement et de suggestions de Dieu ». Sa localisation est donc pour le moins problématique…

Cette incapacité à localiser le tombeau de Jésus est même tout à fait perceptible dans les Évangiles. Lorsque les femmes se rendent à la sépulture, la relation de leur visite n'est pas d'ordre géographique : elle fait montre d'une absence cruelle de détails que des témoins de la première heure n'auraient pas manqué de relever. Chez Marc, l'ange dit simplement : « Il n'est plus ici »…

En outre, si le lieu était connu et vénéré, il paraît étrange que Paul, venant à Jérusalem, ne s'y rende pas alors que les Juifs ont pour coutume d'honorer ainsi leurs morts. Les Épîtres de Paul sont muettes sur une telle démarche comme sont muets les *Actes des Apôtres*, rédigés ultérieurement, au moins dans leur stade final. Jamais ils ne disent que Paul, Pierre ou Jacques, frère de Jésus, se rendent au tombeau…

Le corps perdu

Selon les *Actes des Apôtres*, ce sont les Juifs qui ont procédé à l'ensevelissement de Jésus. Moins de trois jours après, le cadavre aura purement et simplement disparu, au point que personne ne saura jamais où il est, ce qu'est devenu le corps de Jésus.

A-t-il été enlevé, perdu, volé ?

Les quatre Évangiles stipulent que la pierre fermant le tombeau a été déplacée. Pourtant, ni les anges, ni Jésus ressuscité (comme le montre la suite des textes) ne peuvent être arrêtés par des obstacles matériels. Alors qui a roulé la pierre ? Jésus lui-même pour faire constater son absence, ou d'autres ? De qui parle Marie-Madeleine dans l'Évangile selon Jean lorsqu'elle s'exclame par deux fois : « Ils ont enlevé mon seigneur » ?

S'agirait-il de certains des disciples qui auraient voulu, par une supercherie, faire croire à la résurrection de leur maître ? C'est le scénario auquel répond l'Évangile de Matthieu. Selon l'évangéliste, à la demande des grands prêtres et des Pharisiens, Pilate fait placer une garde devant le tombeau pour éviter ce vol : ce serait « la dernière imposture pire que le première ». Mais rien n'y fait et les grands-prêtres sont obligés de soudoyer les soldats romains qui prétendront que les disciples ont profité de leur sommeil pour dérober le cadavre. « Et ce propos s'est colporté parmi les Juifs jusqu'à aujourd'hui » (Matthieu XXVIII-15).

Pour les *Toledot Yeshuh*, la légende voudra même que le responsable du vol ne soit autre que Judas, le jardinier du cimetière. Ces récits violemment polémiques sont médiévaux, mais leurs origines sont archaïques ; à la fin du IIe siècle, Tertullien indiquait déjà, à propos des Juifs : « Ils enseignent en cachette, qu'ils l'ont dérobé furtivement afin qu'on le proclame ressuscité ou qu'un jardinier l'enlevât pour éviter les dégâts causés à ses laitues par le nombre des visiteurs »...

Peut-être faut-il voir l'origine ou l'écho de ces attaques dans l'Évangile selon Jean lorsque Marie-Madeleine confond Jésus ressuscité avec le jardinier...

Le tombeau vide

Le coup de force des évangélistes, leur coup de génie va être de faire découvrir le tombeau vide.

Les quatre Évangiles concordent sur ce point.

Marc raconte ainsi l'arrivée des femmes : « Entrées dans le tombeau, elles virent, assis à droite, un jeune homme vêtu d'une robe blanche et elles furent saisies de frayeur. Mais il leur dit : Ne vous effrayez pas ! Vous cherchez Jésus de Nazareth le Crucifié, il est ressuscité, il n'est pas ici... Voyez l'endroit où on l'avait déposé. Mais allez dire à ses disciples et à Pierre : il vous précède en Galilée, c'est là que vous le verrez, comme il vous l'a dit... Elles sortirent et s'enfuirent loin du tombeau car elles étaient toutes tremblantes et bouleversées, et elles ne dirent rien à personne car elles avaient peur... » (Marc XVI, 5-9).

Comme en témoignent les grands manuscrits du IVe siècle (le Vaticanus, le Sinaïticus) à l'origine, l'Évangile de Marc s'achevait sur cette peur qui bloque tout, sur ce silence des femmes qui ne transmettent rien. Le problème était si considérable que les rédacteurs ultérieurs ont complété le texte par la finale que nous lisons aujourd'hui, ajoutant des apparitions du ressuscité en conformité avec les autres Évangiles.

À propos du tombeau vide, Alfred Loisy ironisait : « Jamais plus enfantine fiction n'a trouvé plus de créance ».

Avec la plupart des exégètes, Enrico Norelli suppose que « le récit du tombeau vide est un élément secondaire qui a pu être développé quand on a commencé à réfléchir sur les implications de la résurrection de Jésus ». Comme le dit Marie-Émile Boismard, « on aurait traduit en données historiques ce que l'on pensait être effectivement réalisé. Ce serait plutôt des récits historicisants ».

Il faut donc distinguer la logique rédactionnelle des textes et la chronologie des éléments qui constituent le récit. La logique rédactionnelle induit un ordre aux actions qui sont décrites : Jésus meurt sur la croix, il est mis au tombeau, son tombeau est découvert vide, Jésus ressucité est « vu » par telle ou tel, etc. La chronologie évenementielle fonctionne vraisemblablement à l'inverse : telle ou tel a une vision de Jésus ressucité, donc on en déduit que son tombeau est vide, ce qui suppose l'existence d'un tombeau, d'où la nécessité d'une scène de mise en tombeau, etc.

Logique rédactionnelle et chronologie des événements, montées en engrenage, finissent ainsi par s'attester l'une l'autre, par rendre vraisemblables déductions et spéculations, par les transformer en vérités historiques.

La visite du tombeau

On peut constater que le thème de « la visite au tombeau » apparaît aux alentours des années 65-70 (dans l'Évangile de Marc) alors que les Épîtres de Paul aux alentours des années cinquante l'ignorent. C'est donc approximativement entre ces deux dates que s'est élaboré le récit du tombeau vide.

C'est peut-être aussi durant cette période que s'est instaurée la pratique de la visite rituelle d'un lieu où la mémoire de Jésus était honorée.

Si l'on reprend le texte de Marc phrase par phrase, presque pas à pas, plutôt que d'entendre le récit des découvreurs du tombeau, n'a-t-on pas le sentiment de suivre un pèlerinage, une visite guidée sous la direction d'un officiant :

« Vous cherchez Jésus le Nazôréen, le crucifié ?

– Il est ressuscité.

– Voici l'endroit où il avait été déposé.

– Il n'est plus ici. »

La rédaction du récit du tombeau vide a pu obéir essentiellement à une nécessité liturgique, sans pour autant recouvrir une réalité topographique. Ainsi pouvait être symboliquement désigné un lieu à ceux qui, autour de Jérusalem, voire en Judée, mais aussi en Asie mineure ou ailleurs, voulaient se réunir pour commémorer la mort de Jésus et célébrer leur foi en la résurrection. Avec le temps, la fonction cultuelle s'est éteinte au risque de faire apparaître ce récit comme une relation documentaire de la découverte de la sépulture de Jésus.

Alfred Loisy le soulignait dans *La Naissance du Christianisme* : « Nombre d'apologistes raisonnent encore de nos jours, comme si la résurrection de Jésus avait eu besoin d'être démontrée aux disciples par des œuvres tangibles, indiscutables, qui seraient encore valables aujourd'hui pour des hommes sans parti pris : dans la réalité, on a cru d'abord à la résurrection de Jésus parce que l'on n'a eu aucun souci de pareilles raisons ; les disciples, en vertu de leur foi antécédente, se trouvaient dans l'impossibilité de se figurer Jésus détruit par la mort ; ils le crurent ressuscité, parce qu'ils n'auraient pu autrement le croire vivant. Le comment de la résurrection ne les inquiétait pas : c'était affaire à Dieu d'y pourvoir. Plus tard seulement, quand on annonça l'Évangile en des milieux non juifs, des objections se produisirent, et c'est alors qu'on s'efforça de prouver la résurrection par des arguments péremptoires ; c'est alors qu'on a matérialisé les visions plus ou moins fugitives dont la foi s'était d'abord entretenue ; c'est alors que l'on inventa l'histoire du tombeau trouvé vide, pour établir que Jésus n'était pas resté dans la tombe. »

« Relevé d'entre les morts »

Dans l'Évangile de Marc, la proclamation que Jésus est ressuscité précède toute autre considération. Elle n'est pas argumentée, elle est proférée. L'argument du tombeau vide n'est jamais donné comme preuve ou élément de preuve de la résurrection.

Que des anges soient, dans chaque Évangile, les messagers ou les annonciateurs de cette « révélation » n'est pas seulement un trait mythologique. C'est souligner fortement que « l'événement » de la résurrection ne peut être compris par le lecteur ou l'auditeur du temps que du fait d'une intervention divine : par la voix de l'ange, c'est Dieu qui parle et qui signifie que Jésus a été relevé d'entre les morts.

L'attente de la résurrection

Dans l'Évangile de Jean, quand Jésus déclare : « Sous peu vous ne me verrez plus et puis un peu encore et vous me reverrez », désignant par là sa mort, puis sa résurrection, quelques-uns de ses disciples se dirent entre eux : « Qu'est-ce qu'il nous dit là ?.. Qu'est-ce que ce peu ? Nous ne savons pas ce qu'il veut dire » (Jean XVI, 16-18).

Comment expliquer cette incompréhension ?

Jésus n'était-il pas pour eux le Sauveur, le Messie ou le Christ, le Fils de l'Homme garant de l'avènement du Royaume ? Jésus n'avait-il pas annoncé tout ce qui allait lui arriver : « Il faut que le Fils de l'Homme souffre beaucoup, qu'il soit rejeté par les grands prêtres et les scribes, qu'il soit mis à mort et ressuscite le troisième jour » (Luc IX,22 ; Marc VIII,31 ; Matthieu XVI,21 ; 17,22 ; Marc IX,30-32 ; Luc IX,43-45).

Doit-on en conclure que les disciples n'ont jamais envisagé la mort de Jésus comme instrument du salut et moins encore sa résurrection ?

Mais Jésus lui-même pensait-il qu'il ressusciterait d'entre les morts ?

Comme le dit Pierre Geoltrain : « Il faut être clair et avouer qu'on ne sait pas. Sur l'idée d'une résurrection possible il n'y a rien dans les Évangiles, qu'il s'agisse des synoptiques ou de l'Évangile selon Jean, qui aille au-delà de ce que le judaïsme pouvait penser de la résurrection. »

La résurrection dans le judaïsme

La résurrection n'est pas une invention du christianisme.

Aux alentours des années trente, à l'époque où Jésus vivait, les textes témoignent que sa doctrine était admise, par exemple, par les Pharisiens et les Esséniens, mais que les Sadducéens, qui s'en tenaient à la loi de Moïse, la récusaient. L'Évangile de Marc met d'ailleurs en scène un débat entre Jésus et les Sadducéens sur les conséquences de cette épineuse question…

« Alors viennent à lui des Sadducéens – de ces gens qui disent qu'il n'y a pas de résurrection – et ils l'interrogeaient en disant : "Maître, Moïse a écrit pour nous : Si quelqu'un a un frère qui meurt en laissant une femme sans enfant, que ce frère prenne la femme et suscite une postérité à son frère. Il y avait sept frères. Le premier prit femme et mourut sans laisser de postérité. Le second prit la femme et mourut aussi sans laisser de postérité et de même le troisième ; et aucun des sept ne laissa de postérité. Après eux tous, la femme aussi mourut. À la résurrection, quand ils ressusciteront, duquel d'entre eux sera-t-elle la femme ? Car les sept l'auront eue pour femme." Jésus leur dit : "N'êtes-vous pas dans l'erreur, en ne connaissant ni les Écritures, ni la puissance de Dieu ? Car, lorsqu'on ressuscite d'entre les morts, on ne prend ni femme ni mari, mais on est comme des anges dans les cieux. Quant au fait que les morts ressuscitent, n'avez-vous pas lu dans le Livre de Moïse, au passage du Buisson, comment Dieu lui a dit : Je suis le Dieu d'Abraham, le Dieu d'Isaac et le Dieu de Jacob?Il n'est pas un Dieu de morts, mais de vivants. Vous êtes grandement dans l'erreur !" » (Marc XII, 18-27)

Mais comment se fait-il que l'idée de résurrection suscite de telles controverses parmi les Juifs du Ier siècle de notre ère ?

Le concept lui-même ne remonterait en fait qu'au début du IIe siècle avant J.-C. Il serait apparu alors que le roi séleucide de Syrie, Antiochus Épiphane, persécutait les Juifs qui résistaient à l'hellénisation en voulant sauvegarder leurs traditions et leur interprétation de la loi de Moïse.

Dans son livre *Faut-il encore parler de « résurrection »?*, Marie-Émile Boismard commente à ce propos : « Puisque Dieu est le maître et le dispensateur de toute vie, ne se devait-il pas, par amour pour son peuple, de redonner la vie à ceux qui l'avaient sacrifiée pour lui rester fidèle ? Dieu pouvait-il abandonner définitivement à la mort ceux qui l'aimaient au point de mourir pour lui ? Non, Dieu reste fidèle à ses promesses. Il se réservait, dans un avenir plus ou moins lointain, de redonner la vie à ceux qui l'avaient sacrifiée pour rester fidèles à sa Loi. C'est ce qu'affirment le prophète Daniel et l'auteur du deuxième livre des *Maccabées*. »

La résurrection serait donc relativement « récente » dans la pensée juive, même si on peut déjà lire des allusions à cette idée dans le livre d'*Isaïe* ou celui d'*Ezéchiel*...

Une question cruciale

Dans la pensée juive, comme plus tard dans le Nouveau Testament, se pose en effet une question cruciale : que deviendront les croyants morts pour la cause d'Israël (ou pour la cause de Jésus) avant que le Royaume de Dieu n'advienne ? Se seront-ils sacrifiés en vain ?

« Un grand nombre de ceux qui dorment au pays de la poussière s'éveilleront, les uns pour la vie éternelle, les autres pour l'opprobre, pour l'horreur éternelle », affirmait le livre de *Daniel* (Daniel XII, 2).

C'est bien la même pensée qu'exprime Luc quand il fait dire à Jésus : « Je vous le dis à tous, mes amis : Ne craignez rien de ceux qui tuent le corps et après cela ne peuvent rien faire de plus. Je vais vous montrer qui vous devez craindre : craignez Celui qui, après avoir tué, a le pouvoir de jeter dans la géhenne ; oui, je vous le dis, Celui-là, craignez-le. Ne vend-on pas cinq passereaux pour deux as ? Et pas un d'entre eux n'est en oubli devant Dieu ! Bien plus, vos cheveux même sont tous comptés. Soyez sans crainte ; vous valez mieux qu'une multitude de passereaux » (Luc XII, 4-7).

Persécution, résurrection

Si l'on rapproche les textes de *Daniel*, ou des *Maccabées* de ceux du Nouveau Testament, il est frappant de constater que l'idée de « résurrection » naît ou renaît dans un contexte de persécution ; que la persécution semble la condition nécessaire à l'idée de résurrection.

Quand les *Actes des Apôtres* font le récit de la conversion de Paul sur le chemin de Damas, l'apôtre qui « ne respirait que menaces et carnages à l'égard des disciples du Seigneur » est enveloppé par une lumière venant du ciel. « Il tomba à terre et entendit une voix lui dire : "Saül, Saül, pourquoi me persécutes-tu ?" Il répondit : "Qui es-tu Seigneur ?" Et lui : "Je suis Jésus, que tu persécutes ; mais relève-toi, va à la ville, et on te dira ce que tu dois faire." » (Actes IX, 4-6).

Ce contexte de « persécution » encadre également la mort de Jean le Baptiste mis à mort par Hérode Antipas et l'émergence de Jésus. « Hérode, le tétrarque, apprit tout ce qui se passait et il était fort perplexe car certains disaient : "C'est Jean qui est ressuscité d'entre les morts." » (Luc IX,7).

Ailleurs, dans l'Évangile selon Jean, les disciples voient apparaître le ressuscité alors même qu'ils se sont enfermés portes et volets clos « par crainte des Juifs », dit le texte.

Pourquoi cette peur « des Juifs », pourquoi cette conviction d'être persécutés ?

Évidemment, ce ne sont pas des disciples contemporains de Jésus qu'il s'agit en réalité. Mais des judéo-chrétiens qui, un demi-siècle plus tard, lors d'une des dernières rédactions de l'Évangile, confessent Jésus comme Christ et qui, jugés hérétiques, sont expulsés de synagogues à l'occasion de la réforme pharisienne.

Mais l'articulation entre « résurrection » et « persécution » est particulièrement condensée dans ce qu'on appelle les annonces de la Passion, ces prémonitions placées sur les lèvres de Jésus lui-même par les trois synoptiques.

Ainsi par exemple chez Marc : « Prenant de nouveau les onze avec lui, il se mit à leur dire ce qui allait lui arriver : "Voici que nous montons à Jérusalem, et le fils de l'Homme sera livré aux grands prêtres et aux scribes ; ils le condamneront à mort, et le livreront aux païens, il le bafoueront, cracheront sur lui, le flagelleront et le tueront, et après trois jours il ressuscitera." » (Marc X, 32-34)

La novation chrétienne

Dans le livre de *Daniel* comme dans le livre des *Maccabées*, la résurrection réservée aux justes est à la fois collective et située dans un futur indéterminé, au jour du Jugement. Dans le Nouveau Testament, Marthe, la sœur de Lazare, se fait l'écho de cette doctrine : « Si tu avais été ici, reproche-t-elle à Jésus, mon frère ne serait pas mort. » Jésus lui dit : « Ton frère ressuscitera. » « Je sais, dit Marthe, qu'il ressuscitera à la résurrection, au dernier jour » (Jean XI,21-24).

Appliquée au cas de Jésus, la notion de résurrection va donc obliger les premiers disciples à aménager, à travailler, à interpréter la conception juive de la résurrection telle qu'ils l'ont reçue.

Proclamer, comme les premiers chrétiens que « Dieu l'a ressuscité d'entre les morts » introduit en effet deux novations radicales.

La résurrection de Jésus doit être individuelle, dissociée du sort collectif des justes. De plus, elle fait de Jésus « le premier né d'entre les morts », c'est-à-dire qu'elle a lieu sans attendre la fin des temps, elle se produit par anticipation. Elle préfigure dès lors le destin réservé aux croyants, qu'ils soient morts lors du Jugement ou qu'ils soient encore vivants.

C'est le sens des paroles de Paul dans la première *Épître aux Thessaloniciens* : « Nous ne voulons pas, frères, que vous soyez ignorants au sujet des morts ; il ne faut pas que vous vous désoliez comme les autres qui n'ont pas d'espérance. Puisque nous croyons que Jésus est mort et qu'il est ressuscité, de même, ceux qui se sont endormis en Jésus, Dieu les emmènera avec lui [...] Nous les vivants, nous qui serons encore là pour l'Avènement du Seigneur, nous ne devancerons pas ceux qui seront endormis. »

Mais de quelle manière les textes expriment-ils la résurrection spécifique de Jésus ?

La Résurrection

Dans le grec du Nouveau Testament, la résurrection est formulée par deux verbes différents :

– « Dieu l'a ressuscité *(anistanaï)*... « c'est-à-dire « relevé » ; on pourrait traduire : « Dieu l'a relevé d'entre les morts ».

ou

– « Il est ressuscité » *(égerein)*... » c'est-à-dire « réveillé » ; on pourrait traduire « Dieu l'a réveillé d'entre les morts ».

Ressusciter, c'est donc se relever ou se réveiller, puisque selon la conception juive l'homme, à son décès, rejoint le royaume des ombres, s'endort « au pays de la poussière ».

Cependant, ce vocabulaire n'est pas le seul à l'œuvre dans le Nouveau Testament pour exprimer la conviction des croyants en une vie de Jésus après sa mort.

L'exaltation

L'idée que Jésus est monté à la droite de Dieu, qu'il a été « exalté », « glorifié » est tout autant utilisée. On lit, par exemple : « Dieu a glorifié son serviteur Jésus » (Actes III, 13) ; « Dieu l'a fait Seigneur... » (Actes II, 36) ;« Dieu l'a exalté... » (Philippiens II, 6-11) etc.

Cette idée de l'exaltation provient vraisemblablement pour une part du livre d'*Isaïe* où le Serviteur souffrant s'abaisse avant d'être élevé par Dieu pour avoir enduré tant de peines en son nom. Mais on peut également la retrouver dans la figure du Fils de l'Homme dont la venue en gloire inaugurera le Royaume de Dieu.

Pour contrecarrer le sentiment d'échec absolu que représente la crucifixion de Jésus, sa mort est donc réinterprétée comme un triomphe à la lumière des Écritures. La conviction de la résurrection est un acte de lecteur, de lecteur de la Bible.

Jésus ressuscité récapitule en une seule figure Elie, le fils de l'Homme, le Serviteur souffrant. C'est cette figure de Messie céleste, annonciatrice de la fin des temps, de l'Apocalypse qui apparaît à Étienne, le premier martyr chrétien selon les *Actes des Apôtres*, au beau milieu de son supplice : « Tout rempli de l'Esprit Saint, il fixa son regard vers le ciel ; il vit alors la gloire de Dieu et Jésus debout à la droite de Dieu : "Ah ! dit-il, je vous les cieux ouverts et le Fils de l'homme debout à la droite de Dieu." » (Actes VII, 55).

L'exaltation de Jésus auprès de Dieu peut ainsi être rapprochée de l'idée de son « ascension » telle qu'on la lit, par exemple, dans l'Évangile selon Jean : « Je monte vers mon Père qui est votre Père. » Elle s'exprime aussi à la fin des Évangiles de Marc et Luc, ou encore au début des *Actes des Apôtres :* « À ces mots, sous leurs regards, il fut enlevé et une nuée le dérobe à leurs yeux ».

Xavier Léon-Dufour remarque à juste titre dans *Résurrection de Jésus et message pascal* : « La foi en l'exaltation de Jésus lors de sa mort utilise des symboles universellement répandus chez les hommes. C'est d'abord celui de l'en-haut et de l'en-bas. De tout temps, les hommes ont situé dans le "supérieur" et l'"inférieur" ce qui est meilleur et ce qui est moins bon. Ainsi Dieu est situé dans les hauteurs, et les puissances mauvaises sont reléguées dans les régions inférieures. Cette représentation a sans doute été favorisée par la cosmologie antique qui place le ciel au-dessus de nos têtes et les enfers en dessous ; d'après les spécialistes de l'histoire des religions et des symboles, cette symbolique ou encore cette « donnée immédiate de la conscience totale » est fondée sur l'expérience originaire de la chute et de le montée. En parlant de cette manière les premiers chrétiens se sont montrés les héritiers d'une vieille symbolique humaine. »

Le vivant

Après la « résurrection » et « l'exaltation », une troisième manière de dire la foi en Jésus après sa mort est d'affirmer : « Il est vivant ».

Dans l'Évangile selon Luc (XXIV, 5) l'ange demande aux femmes : « Pourquoi cherchez vous le Vivant parmi les morts ? » Dans l'*Épître aux Romains* (XIV, 9), Paul souligne : « Christ mourut et reprit vie », et dans l'*Épître aux Corinthiens* : « Il vit par la puissance de Dieu. »

Mais cette notion de « vie » ne doit pas être mise sur le même plan que les retours à la vie, les réanimations opérées par Jésus selon les Évangiles (Lazare, le fils de la veuve de Naïm, le fils de Jaïre)... Ceux-là reviennent à la vie mais devront mourir à nouveau. La conviction que Jésus est « vivant » signifie, au contraire, qu'il l'est pour l'éternité, ce que Paul écrit dans l'*Épître aux Romains* : « Ressuscité des morts, le Christ ne meurt plus. » Elle peut-être comprise à la fois dans le sens sémitique où l'homme revient à la vie, corps et âme, et dans le sens grec où la pérennité de la vie est associée exclusivement à l'immortalité de l'âme, les Grecs ne concevant pas la résurrection de la chair.

Plusieurs théologies

On peut raisonnablement estimer que le schéma « exaltation » est le plus archaïque des trois dans la mesure où il réutilise sans ambiguïté le schéma que la Bible hébraïque applique aux prophètes les plus considérables, Élie par exemple. Le schéma « résurrection » serait venu ensuite, lié peut-être aux phénomènes de vision dont sont gratifiés certains disciples. Ces apparitions du ressuscité – semblables à Jésus tels qu'ils l'ont connu, suggèrent les Évangiles – supposant qu'il a été « relevé d'entre les morts ».

En troisième, voire en parallèle, se serait exprimée la certitude que Jésus est vivant, cette notion recouvrant et combinant deux réalités culturelles radicalement distinctes : la pensée juive et la pensée grecque.

Dans le Nouveau Testament, ces trois schémas sont à la fois concurrents et complémentaires. Plusieurs théologies sont à l'œuvre. Plusieurs « christianismes » aussi.

Les apparitions

Il n'y a pas d'unité sur la manière d'exprimer la conviction de la résurrection. Il n'y a pas plus de récit unifié des apparitions de Jésus.

L'Évangile de Marc, initialement, n'en comportait aucun ; ceux de Matthieu, de Luc et de Jean ne sont pas vraiment conciliables.

Jésus ressuscité apparaît tantôt à une seule personne, tantôt à quelques uns, tantôt à un groupe... La liste de ces témoins est impossible à dresser avec l'exactitude que l'on pourrait attendre vu l'importance de l'événement. Mais de plus, pour reprendre les termes de l'exégète allemand Joachim Jeremias dans *Théologie du Nouveau Testament*, « les endroits qui furent les théâtres des apparitions sont, eux aussi, divers et variés : tantôt la christophanie se produit en plein air, tantôt dans une maison, certaines fois devant les portes de la ville sainte ; d'autres fois dans les murs de Jérusalem, en quelque village de Judée, au bord du lac de Génésareth, dans la campagne galiléenne... »

On ne saurait mieux résumer la situation qu'en citant ce qu'écrivait dès 1835 David-Friedrich Strauss, qui avec H.S. Reimarus fut le fondateur de l'exégèse critique : « Ainsi les différents narrateurs évangéliques ne concordent que sur un petit nombre des apparitions de Jésus après sa résurrection ; la désignation de lieu faite par l'un exclut les apparitions rapportées par les autres ; la désignation de temps faite par un autre ne laisse aucun intervalle disponible pour les narrations parallèles ; le calcul d'un troisième est disposé sans aucune considération de ce que les autres disent ; enfin, parmi plusieurs apparitions relatées par différents narrateurs, chacune s'annonce comme la dernière, et cependant n'a rien de commun avec les autres. Il faudrait donc fermer volontairement les yeux pour ne pas reconnaître qu'aucun des rédacteurs n'a connu ni supposé ce que l'autre rapporte ; que chacun d'entre eux avait, de son côté, entendu raconter la chose d'une manière différente ; qu'ainsi de bonne heure il n'y eut en circulation que des bruits incertains et diversement variés sur les apparitions de Jésus ressuscité » *(Vie de Jésus)*.

La liste de Paul

Différentes d'un Évangile à l'autre, les apparitions de Jésus ne recoupent pas pour autant la liste que mentionne Paul dans la première *Épître aux Corinthiens*.

Une vingtaine d'années après la mort de Jésus et une vingtaine d'années avant les évangélistes, l'apôtre écrit : « Je vous ai donc transmis en premier lieu ce que j'avais moi-même reçu, à savoir que le Christ est mort pour nos péchés, qu'il a été mis eu tombeau, qu'il est ressuscité le troisième jour selon les Écritures, qu'il apparu à Céphas, puis aux douze. Ensuite il est apparu à plus de cinq cents frères à la fois – la plupart d'entre eux demeure jusqu'à présent et quelques-uns se sont endormis –, ensuite il est apparu à Jacques, puis à tous les apôtres. Et en tout dernier lieu il m'est apparu à moi aussi comme à l'avorton. Car je suis le moindre des apôtres. »

Que déduire de ce texte ?

D'abord le fait que Paul reprend manifestement une formulation qui lui préexiste. C'est un enseignement qu'il a reçu et qu'il transmet à son tour. Ainsi la phrase « Christ est mort pour nos péchés, il a été mis au tombeau, il est ressuscité le troisième jour » s'entend comme une formule de récitation à caractère liturgique. Elle nous renvoie probablement aux célébrations des premières communautés dans les années qui ont suivi le mort de Jésus, bien plus qu'elle ne prétend faire un constat de nature historique.

Ensuite il est clair que, malgré les apparences, Paul ne dresse pas le procès-verbal des premières apparitions de Jésus ressuscité, il les hiérarchise. De Céphas (Simon-Pierre), nommé le premier à Paul, dernier de la liste, il y a différentes personnalités, différents groupes qui se trouvent en quelque sorte fédérés par les apparitions du ressuscité. Leur légitimité en dépend. En d'autres termes, l'historicité de ces apparitions est sûrement moins importante pour l'auteur de l'*Épître aux Corinthiens* que l'autorité qu'elles confèrent aux bénéficiaires dûment répertoriés…

Deux traditions

Ainsi peut-on distinguer dans l'énumération de Paul au moins deux séries distinctes – sans quoi la liste devrait être ordonnée selon un ordre croissant.

On voit que Paul ou les rédacteurs ultérieurs ont amalgamé deux grandes traditions : l'une autour de Simon-Pierre, le premier des disciples et le premier à bénéficier d'une apparition, l'autre autour de Jacques – frère de Jésus – absent, voire hostile à Jésus, selon les Évangiles mais devenu après sa mort le chef de la communauté de Jérusalem ; l'une centrée sur la Galilée et la perspective missionnaire du christianisme primitif, l'autre sur Jérusalem, la ville sainte où est attendue la « parousie », c'est-à-dire le retour en gloire du Messie.

En se nommant en dernier, Paul indique – toute fausse modestie mise à part – qu'il n'appartient à aucune de ces deux grandes traditions mais que, bénéficiaire lui aussi d'une apparition, sa légitimité et son autorité ne sont pas moindres.

Les femmes

Une autre différence majeure reste inéductible : l'absence totale de femmes dans la liste de l'*Épître aux Corinthiens*, alors qu'elles sont toujours données comme les destinatrices initiales de l'annonce de la résurrection par les Évangiles.

Soit Paul ignorait ces apparitions aux femmes, soit elles n'avaient pas l'autorité nécessaire pour être prises en compte. Pourquoi alors les évangélistes en font-ils si grand cas ?

N'oublions pas que chez Jean (et dans la finale de Marc), la première personne à qui apparaît Jésus après sa résurrection est Marie-Madeleine, ou Marie de Magdala. Or que savons-nous de cette femme qui, selon les mots de Jean, pleure d'avoir perdu celui qu'elle aimait ? Matthieu et Luc la présentent comme une possédée. Jésus l'avait guérie de « sept démons », ce qui n'est que la façon archaïque de désigner l'hystérie.

Quelle raison trouver à cet élément d'une certaine façon embarrassant ?

Selon les Évangiles, les disciples ayant fui, les femmes sont les seules à assister à l'agonie et à la mort de Jésus sur la croix. Peut-on établir un lien de cause à effet entre cela et l'affirmation que l'une ou plusieurs d'entre elles voient Jésus apparaître après sa mort ?

« Est-ce que justement, le traumatisme provoqué par la souffrance, par la mort épouvantable de leur maître n'a pas par contre-coup, par réaction de défense face à cette agression pathologique conduit les femmes à cette conviction de la survie du maître ? » s'interroge Daniel Marguerat.

Peut-on tenter de comprendre les textes par une approche psychologique, ou ce type de lecture n'a-t-il aucun sens à l'intérieur des Évangiles ?

Il est naturellement impossible de répondre avec certitude, comme le rappelle Pierre Geoltrain : « Pas plus pour la résurrection du Christ que pour d'autres épisodes évangéliques, nous n'atteignons l'histoire événementielle, c'est-à-dire la réalité des faits qui seraient rapportés tels quels dans nos Évangiles. La seule histoire que nous puissions atteindre, c'est ce que j'appellerai l'histoire de la genèse de la littérature chrétienne. Autrement dit, il faut vraiment revenir au texte, je dirai de ce point de vue là nous en tenir au texte. »

Un événement de vision

Un point commun relie les différentes apparitions de Jésus ressuscité, c'est le verbe grec *ophté* qu'emploient systématiquement aussi bien les synoptiques, et l'Évangile de Jean que les *Épîtres* de Paul. Cela signifie que Jésus « a été vu » après sa mort ou plus exactement qu'il « s'est fait voir ».

La résurrection est donc toujours donnée dans les textes comme un événement de vision.

La vision n'est pas un phénomène de constatation objective visuelle. C'est une expérience individuelle dont nul autre que le visionnaire ne peut être témoin. Les psychologues savent bien que les visionnaires « voient » ce que les autres ne voient pas, ne peuvent pas voir. Dans son *Traité de psychologie expérimentale*, publié à Prague à la fin du siècle dernier, Josef Seyden relevait : « Pour le visionnaire, la vision a une réalité plus réelle que les faits. C'est une certitude interne absolue, une vérité qui se dispense de toute démonstration objective. »

Dans le Nouveau Testament, du reste, les apparitions de Jésus sont toujours données comme des manifestations divines : « Pour mentionner les apparitions du Christ ressuscité, explique Marie-Émile Boismard, les premiers chrétiens n'ont fait que reprendre un terme technique utilisé dans l'Ancien

Testament comme dans le Nouveau Testament pour décrire les apparitions de Dieu ou des anges. » Par exemple, Abraham ne voit pas Dieu. C'est « Dieu, dit littéralement le texte de la Genèse, qui s'est fait voir à Abraham ».

Mais quelle est la nature de cette vision elle-même, en quoi consiste l'apparition du ressuscité ?

Le chemin de Damas

Il faut à nouveau partir de Paul, puisqu'il est le seul auteur du Nouveau Testament à nous transmettre un récit à la première personne, le seul « témoin » direct d'une apparition du ressuscité.

À vrai dire, on ne rencontre chez Paul aucun récit à proprement parler, mais seulement des allusions. l'*Épître aux Galates* fait référence au vocabulaire de la révélation : « L'Évangile que j'ai annoncé n'est pas à mesure humaine : ce n'est pas non plus d'un homme que je l'ai reçu ou appris, mais par une révélation de Jésus-Christ ». « N'ai-je donc pas vu Jésus, notre Seigneur ? », feint-il encore de s'interroger dans l'*Épître aux Corinthiens*, alors qu'il n'a jamais connu ni même aperçu Jésus de son vivant.

En fait, c'est le rédacteur des *Actes des Apôtres* qui, à la place de Paul, donne son propre récit. Ce qui faisait s'exclamer au chercheur israélien Ben

Chorim que « la résurrection ne s'est pas passée à Jérusalem, mais à Damas ! ».

Le récit en est donné trois fois. Rappelons par exemple le discours aux Juifs de Jérusalem prêté à Paul : « Je faisais route et j'approchais de Damas, quand tout à coup vers midi, une grande lumière venue du ciel m'enveloppa de son éclat. Je tombai sur le sol et j'entendis une voix qui me disait : "Saül, Saül, pourquoi me persécutes-tu ?" Je répondis : "Qui es-tu seigneur ?" Il me dit alors : "Je suis Jésus le Nazôréen, celui que tu persécutes." Ceux qui étaient avec moi virent bien la lumière, mais ils n'entendirent pas la voix de celui qui me parlait. Je repris : "Que dois-je faire, Seigneur ?" Le Seigneur me dit : "Relève-toi, va à Damas. Là on te dira tout ce qu'il t'est prescrit de faire." Mais comme je n'y voyais plus à cause de l'éclat de cette lumière, c'est conduit par la main de mes compagnons que j'arrivai à Damas » (Actes XII, 6-12).

Cette apparition, dont le récit pourrait être très archaïque, est en tout cas ce qu'on nomme une « apocalypse ». Paul y est l'objet d'une intervention divine, il est littéralement renversé : de persécuteur, il se convertit en zélateur. Mais ce qui nous intéresse c'est l'apparence de celui qui se donne pour Jésus le Nazôréen ressuscité. Selon Paul, il n'a aucun corps visible : c'est une grande lumière, un éblouissement.

Dans la première *Épître aux Corinthiens* comme dans les trois récits des *Actes des Apôtres*, la « christophanie », c'est-à-dire la manifestation du ressuscité, est calquée sur les manifestations de Yahvé dans la Bible. Dans le livre de l'Exode, par exemple, Dieu parle à Moïse : « Je suis le Dieu de tes pères, le Dieu d'Abraham, le Dieu d'Isaac, et le Dieu de Jacob. « Alors Moïse se voila la face car il craignait de fixer son regard sur Dieu. »

Pour Paul, pas plus que Dieu, Jésus ressuscité ne peut être vu sous forme humaine. L'apparition est littéralement indicible. Seule peut être perçue la lumière de sa gloire.

L'explication théologique n'exclut pourtant pas qu'on en risque une autre : n'est-ce pas aussi parce qu'il ne l'a pas connu que Paul est dans l'impossibilité de se représenter Jésus ?..

Voir l'invisible

Au contraire de Paul, dans les synoptiques comme dans l'Évangile de Jean, le ressuscité n'est jamais donné comme une vision lumineuse. Il a toujours l'apparence d'un être de chair qui ressemble à Jésus vivant.

Les Évangiles s'emploient à décrire le personnage de Jésus ressuscité comme une figure familière.

Marie-Madeleine le confond avec le jardinier, les pélerins d'Emmaüs font route et conversent avec lui, comme l'un des leurs, les disciples qui sont en train de pêcher dialoguent avec Jésus demeuré sur la rive du lac de Tibériade.

Luc et Jean, les deux Évangiles dont la rédaction finale a été la plus tardive, apportent même une surenchère de détails, comme s'ils devaient fournir la preuve de la matière corporelle du ressuscité et répondre aux objections des incrédules. On connaît chez Jean l'adresse à Thomas : « Porte ton doigt ici et regarde mes mains, porte ta main et mets-la dans mon côté, et ne te montre plus incrédule mais croyant » (Jean XX, 27).

Mais c'est chez Luc que se trouve le sésame de tous les récits d'apparition : « Voyez mes mains et mes pieds : c'est bien moi. Touchez-moi, regardez, un esprit n'a ni chair ni os, comme vous voyez que j'en ai. À ces mots il leur montra ses mains et ses pieds. Comme dans leur joie, ils n'osaient pas encore y croire, et demeuraient étonnés, il leur dit : "Avez-vous ici quelque chose à manger ?" Ils lui offrirent un morceau de poisson grillé, il le prit et le mangea devant eux » (Luc XIV, 39-43).

Le récit est une démonstration. Son but est de prouver que Jésus ressuscité n'est pas un fantôme ou « un démon incorporel » comme on le lisait dans les versions primitives de Luc. Le corps de Jésus est un corps d'humain, une chair que l'on pourrait toucher (même si on ne le fait pas), un corps qui porte les stigmates de la Passion, un corps qui se nourrit…

L'humanisation

Tout le travail des évangélistes est donc d'humaniser cet être divin qu'est Jésus, de lui rendre l'apparence d'un être humain.

Pourquoi ?

La réponse est complexe, mais on peut suggérer quelques hypothèses.

Pour le christianisme, Jésus est « le premier né d'entre les morts ». Le concept même de la résurrection individuelle dont Jésus est présenté comme le précurseur veut donc marquer une rupture décisive avec les conceptions connues jusqu'alors de l'au-delà et de la vie après la mort.

Dans la pensée sémitique, il n'y a pas d'âme sans corps. Aussi, affirmer que Jésus est vivant entraînait qu'il ne soit pas qu'une âme mais aussi un corps. C'est là une différence anthropologique fondamentale entre le judaïsme et le monde hellénistique.

Peut-être aussi fallait-il clairement distinguer la résurrection de Jésus de l'immortalité des dieux de l'Antiquité. Donner un corps au Christ ressuscité, c'est pour les évangélistes, et particulièrement pour Luc et Jean dont les destinataires ultimes sont fortement hellénisés, démontrer, preuves à l'appui, pourrait-on dire, que la résurrection dépasse la croyance en l'immortalité de l'âme.

On peut aussi ajouter que l'affirmation du corps réel de Jésus était certainement une réponse au courant docète qui a été l'un des courants du christianisme primitif avant d'être jugé hérétique, courant qui insistait sur la réalité spirituelle de Jésus. Dans l'Évangile de Pierre, par exemple, texte apocryphe écarté du Canon, « le Seigneur » ne peut pas souffrir et ne meurt qu'en apparence, avant d'être enlevé dans les cieux par deux anges ; c'est un être divin.

Ajoutons enfin un troisième argument.

Le personnage essentiel de chaque récit n'étant pas seulement le prophète galiléen Jésus, mais Jésus-Christ, produit de la symbiose entre le personnage historique et la figure théologique, il était capital que, lors des épisodes d'apparition, Jésus ressuscité ne soit pas seulement une vision, mais qu'il puisse intervenir dans le récit et qu'il continue d'en être le protagoniste central.

Portrait du ressuscité

Indéniablement, il a dû y avoir pour les auteurs des Évangiles une nécessité rédactionnelle.

L'idée que Jésus ait un corps ne peut être considérée indépendamment du fait même de l'écrire. Écrire « Jésus est ressuscité » ou « le ressuscité » induit une réalité corporelle. Le lecteur ou l'auditeur ne peut imaginer Jésus ressuscité autrement qu'avec un corps, même si les textes ne décrivent jamais la nature, l'aspect, l'épaisseur de ce corps.

L'iconographie chrétienne a beaucoup fait pour la popularisation de cette image d'un mort revenu à la vie. Passant outre la question : « comment représenter l'irreprésentable ? », les peintres (et derrière eux toute l'imagerie populaire) ont montré Jésus ressuscité semblable à celui qu'ils peignaient par ailleurs dans les actes de sa vie. Fra Angelico choisit le mode aimable et représente Jésus en jardinier devant Marie-Madeleine ; Piero de la Francesca, au contraire, montre un Christ terrible sortant du tombeau en brandissant l'étendard de la chrétienté ; quant à Rembrandt, dans sa petite version des *Pèlerins d'Emmaüs*, c'est un Jésus d'ombre qui éclaire de sa présence les deux hommes stupéfaits… Mais, dans tous les cas, Jésus est toujours figuré avec le corps qui était le sien avant sa mort, intact, à la fois glorieux et familier.

L'Évangile de Pierre

Fait des plus surprenants, les textes du Nouveau Testament ne nous renseignent aucunement sur l'étrange alchimie qui aurait permis à un cadavre déjà enseveli de revenir à la vie. La résurrection proprement dite n'est jamais décrite.

Seule la littérature apocryphe chrétienne va essayer d'opérer cette description.

Ainsi, l'Évangile de Pierre : « Dans la nuit qui précéda le dimanche, tandis que les soldats relevaient la garde, deux par deux, une grande voix retentit dans le ciel. Et ils virent s'ouvrir les cieux et deux hommes, nimbés de lumière, en descendre et s'approcher du tombeau. La pierre qui avait été placée à la porte roula d'elle-même, et se rangea de côté, et le tombeau s'ouvrit et les deux jeunes gens entrèrent. À cette vue, les soldats réveillèrent le centurion et les Anciens, qui étaient là, eux aussi, à monter la garde. Et quand ils leur eurent raconté ce qu'ils avaient vu, ils virent à nouveau trois hommes sortir du tombeau ; deux d'entre eux soutenaient le troisième et une croix les suivait. Et tandis que la tête des deux premiers atteignait le ciel, celle de l'homme qu'ils conduisaient par la main dépassait les cieux. Et l'on entendit une voix disant des cieux : "As-tu annoncé la nouvelle à ceux qui dorment ?" Et de la croix on entendit la réponse :

"Oui." Ces gens combinaient entre eux d'aller rapporter ces prodiges à Pilate. Ils en débattaient encore, quand on vit à nouveau les cieux s'ouvrir et un homme descendre et entrer dans le sépulcre. À ce spectacle, le centurion et son escorte, dans la nuit, coururent chez Pilate, abandonnant le tombeau dont ils assuraient la garde, et en grand émoi, ils racontèrent tout ce qu'ils avaient vu, disant : "Il était véritablement le fils de Dieu." »

Non seulement la sortie du tombeau et l'ascension sont racontés par ce texte avec force détails, sans l'économie de moyens qui caractérise les Évangiles canoniques, mais l'Évangile de Pierre donne à la résurrection des témoins neutres, certains romains, d'autres Juifs, en tout cas des témoins qui ne font pas partie du cercle des disciples.

« Le discours vrai »

Comme l'écrivait Charles Guignebert : « Les négations de la résurrrection sont aussi vieilles que le christianisme lui-même ». Et il est vrai que la contradiction entre l'activité publique de Jésus et le caractère privé de ses apparitions après la résurrection demeure toujours incompréhensible.

Dans son *Discours vrai*, s'appuyant sur les incohérences, les silences des récits chrétiens, Celse, philosophe épicurien du IIIe siècle, s'était livré entre autre à une sévère critique des récits évangéliques de la résurrection.

« Est-ce que, de son vivant, alors que personne ne le croyait, il prêchait à tous sans mesure, et, quand il aurait affermi la foi par sa résurrection d'entre les morts, ne se laissa-t-il voir en cachette qu'à une seule femmelette et aux membres de sa confrérie ?, feint-il de s'interroger. Est-ce donc que, durant son supplice, il a été vu de tous, mais après sa résurrection d'un seul ? C'est le contraire qu'il aurait fallu. [...] Si Jésus voulait réellement manifester sa puissance divine, il aurait dû apparaître à ses ennemis, au juge, bref à tout le monde. »

L'Évangile selon Jean contre par avance cette objection lorsqu'il fait dire à Jésus apparaissant devant Thomas : « Parce que tu m'as vu, tu crois. Heureux ceux qui n'ont pas vu et qui ont cru. » Ce qui évoque *Isaïe* : « Vous aurez beau écouter, vous ne comprendrez pas, Vous aurez beau regarder, vous ne verrez pas. »

Quiproquos

Il ne suffit pourtant pas de voir pour croire...

Autant l'apparition du Christ ressuscité dont Paul est l'objet revêt un caractère irrésistible, autant, dans les Évangiles, jamais le ressuscité n'est immédiatement reconnu, qui plus est par ceux-là même qui le connaissaient « dans la chair ».

Systématiquement, les récits d'apparition mettent en scène la méconnaissance des disciples ou des proches : le quiproquo précède toujours la reconnaissance.

Marie-Madeleine ne reconnaît Jésus ni à la vue, ni à la voix; pas plus que les pèlerins d'Emmaüs « leurs yeux étaient empêchés de le reconnaître ». Quant aux disciples du bord du lac de Tibériade, alors que le ressuscité leur apparaît, le texte précise : « Ils ne savaient pas que c'était Jésus. »

C'est lorsque Marie-Madeleine, Thomas ou Simon-Pierre se trouvent interpellés, c'est par l'apostrophe que Jésus leur lance, par le signe qu'il leur donne qu'ils le reconnaissent. N'est-ce pas là manière de signifier que l'identification du ressuscité n'est pas un phénomène objectif mais qu'il n'est rien d'autre qu'un acte de foi.

« Plutôt que de chercher à réfléchir sur la non-reconnaissance de Jésus par les personnes qu'il rencontre, commente Enrico Norelli, j'insisterai plutôt sur la signification théologique de ces récits qui s'expriment sous une forme narrative. Ce sont des récits dans lesquels le croyant doit se reconnaître. »

Dans l'Évangile selon Jean, Marie appelée par Jésus ressuscité se retourne et le reconnaît. Ce « retournement » n'a aucun sens sur un plan physique (Marie est déjà devant Jésus !), il signifie à la fois qu'elle est retournée (c'est-à-dire bouleversée) et que ce qui la bouleverse la retourne, c'est-à-dire la convertit. Il n'y a donc ici aucun souci historique de relater des faits mais un projet théologique, un projet didactique destiné à faire exemple.

Les personnages de ces récits ne sont pas, en réalité, les proches de Jésus, ceux qui l'ont connu « dans la chair », ceux qui n'auraient pas pu ne pas le reconnaître puisque, en tout état de cause, nous disent les textes, le ressuscité ressemble bien trait pour trait au Jésus vivant. Non, Marie-Madeleine, Simon-Pierre ou Thomas sont des masques.

Les véritables disciples sont les lecteurs. Eux n'ont pas vu Jésus de leurs yeux, eux ne l'ont pas connu et ne le connaîtront jamais ; mais c'est pourtant d'eux uniquement qu'il s'agit dans chaque épisode d'apparition. Plus exactement, c'est eux qui, par l'artifice de chaque scène de quiproquo, sont pris à témoin.

Le porte-parole

Cet autre Jésus qu'est Jésus ressuscité s'adresse ainsi aux contemporains de la rédaction du texte et aux générations futures.

La rédaction quasi finale des Évangiles ayant eu lieu probablement deux ou trois générations après la mort de Jésus, soit autour des années 65-90, on comprend aussi que le personnage du ressuscité ait toujours à incarner une fonction de prosélytisme. C'est un porte-parole d'autant plus influent que son sort a été exceptionnel.

Chez Marc, il incite les disciples à aller le rejoindre en Galilée. Chez Luc, « commençant par Moïse et par tous les prophètes » il interprète pour les pèlerins d'Emmaüs tout ce qui dans la Bible devait être considéré comme annonçant sa venue et sa mission.

Chez Luc, chez Jean, chez Matthieu, Jésus donne les sacrements fondateurs, l'eucharistie, le pardon des péchés, le baptême. Enfin dans les quatre Évangiles, le plus ouvertement chez Matthieu et dans la finale de Marc, c'est à Jésus ressuscité qu'échoit ce qu'on appelle l'impulsion missionnaire : « Faites disciples toutes les nations » (Matthieu XXVIII, 19) ; « Étant partis pour le monde entier, proclamez l'Évangile à toute la création. Celui qui croira et sera baptisé sera sauvé ; celui qui ne croira pas sera condamné ». (Marc XVI, 15-16)

Autant Jésus le Nazôréen n'avait d'autre horizon qu'Israël et le seul salut du Peuple élu, autant le personnage du ressuscité, de Jésus-Christ, indique dans le texte la sortie du judaïsme et les prémices de la naissance du christianisme, d'une croyance vouée non plus uniquement aux Juifs mais à « toutes les nations », aux innombrables « craignant dieu », ces païens dispersés à travers l'Empire romain qui vont assurer le succès de la future religion.

Le corps indéfinissable

Le corps indéfinissable du ressuscité obéit donc dans les Évangiles à des nécessités théologiques qui le font voyager en un éclair du nord au sud de la Palestine, qui lui permettent de jouer les « passe-muraille », d'apparaître et de disparaître à volonté, de s'exprimer sans crainte de l'anachronisme.

Mais la nature même du corps ressuscité renvoie aussi à la question centrale des lettres de Paul : avec quel corps doit-on ressusciter ?

Dans la première *Épître aux Corinthiens*, l'apôtre ne cesse de s'interroger : « Mais, dira-t-on, comment les morts ressuscitent-ils ? Avec quel corps reviennent-ils ? Insensé ! Ce que tu sèmes, toi, ne reprend vie s'il ne meurt. Et ce que tu sèmes, ce n'est pas le corps à venir, mais un simple grain, soit de blé, soit de quelque autre plante ; et Dieu lui donne un corps à son gré, à chaque semence un corps particulier.

Toutes les chairs ne sont pas les mêmes, mais autre est la chair des hommes, autre la chair des bêtes, autre la chair des oiseaux, autre celle des poissons. Il y a aussi des corps célestes et des corps terrestres, mais autre est l'éclat des célestes, autre celui des terrestres. Autre l'éclat du soleil, autre l'éclat de la lune, autre l'éclat des étoiles. Une étoile même diffère en éclat d'une étoile. Ainsi en va-t-il de la résurrection des morts : on est semé dans la corruption, on ressuscite dans l'incorruptibilité ; on est semé dans l'ignominie, on ressuscite dans la gloire ; on est semé dans la faiblesse, on ressuscite dans la force ; on est semé corps psychique, on ressuscite corps spirituel [...] Je l'affirme, frères : la chair et le sang ne peuvent hériter du Royaume de Dieu, ni la corruption hériter de l'incorruptibilité. Oui, je vais vous dire un mystère : nous ne mourrons pas tous, mais tous nous serons transformés. En un instant, en un clin d'œil, au son de la trompette finale, car elle sonnera, la trompette, et les morts ressusciteront incorruptibles, et nous, nous serons transformés. Il faut, en effet, que cet être corruptible revête l'incorruptibilité, que cet être mortel revête l'immortalité » (XV, 35-53).

Le corps ressuscité est impossible à cerner, dit Paul. Pourtant, vingt ou trente ans plus tard, les Évangiles vont représenter ce corps indescriptible, ce corps mi-chair, mi-poisson, ce corps inouï. Les évangélistes vont l'aménager et l'acclimater pour leurs lecteurs. Grâce à la figure de Jésus ressuscité, ils vont constituer un modèle imaginable, un prototype du corps futur proposé aux croyants après leur propre résurrection.

Qu'est-ce que la résurrection ?

Comment définir la résurrection ?

En dehors même de l'acte de foi, la réponse n'est pas évidente.

La résurrection désigne-t-elle la résurrection de la chair, c'est-à-dire le retour d'un cadavre à la vie ?

Désigne-t-elle ce corps « pneumatique », ce corps « spirituel » dont parle Paul, qui suppose la corruption de la chair, son enfouissement sous la terre avant de rejoindre la lumière de Dieu… Ou, parlant de résurrection, entend-t-on la dissociation du corps et de l'âme après la mort, le corps disparaissant et se putréfiant tandis que l'âme accède à l'immortalité ?

Comme en témoigne l'embarras du catéchisme officiel de l'Église catholique, c'est l'histoire ultérieure du christianisme qui s'efforcera de combiner ces données contradictoires tout en privilégiant l'image de la résurrection de la chair. Mais les différents textes du Nouveau Testament ne procèdent pas à ce choix.

Un blanc du récit

Reste alors la question première à laquelle se sont confrontés tous les théologiens et tous les exégètes : la résurrection de Jésus a-t-elle été ou non un événement historique ?

« On a beaucoup discuté le problème, admet Marie-Émile Boismard. Si l'on veut dire historique au sens d'un événement très précis qui a été vérifié par des témoins oculaires, la résurrection n'est pas un événement historique. Pourquoi ? Parce que personne n'a vu la résurrection. Aucun des Évangiles ne la raconte. En ce sens, ce n'est pas un événement historique : ce n'est pas un événement qui a été contrôlé. »

« La résurrection est une affirmation de type théologique, précise Enrico Norelli. C'est une affirmation qui met en cause directement Dieu. On ne peut la comprendre indépendamment du rôle que Dieu joue dans l'événement. La résurrection de Jésus n'est pas un fait historique autonome qui pourrait par ailleurs être perçu dans une logique théologique. C'est exclusivement une affirmation théologique. »

Ce qu'en d'autres termes confirme Daniel Marguerat, quand il dit clairement : « Le fait même de la résurrection est un blanc du récit. C'est un blanc du récit dans les Évangiles canoniques parce que c'est un événement qui intervient dans la conviction des disciples. C'est une lecture croyante, c'est une lecture de foi qui, là encore, n'est pas à aligner avec les faits objectifs de la crucifixion. »

L'Apocalypse

Après l'arrestation de Jésus, ses disciples fuient et, vraisemblablement, comme l'écrivent Étienne Nodet et Justin Taylor au début de leur *Essai sur les origines du christianisme*, « Pierre et ses compagnons, qui ont pourtant vécu des événements exceptionnels, commencent par avoir le réflexe de revenir à leur activité première, la pêche ».

Entre ce moment-là et celui où les disciples, reprenant confiance, vont proclamer Jésus ressuscité d'entre les morts, nous ne savons pas combien de temps s'est écoulé, ni même ce qui s'est passé. Ce qui est certain, c'est que la conviction que Jésus était toujours vivant, quelles qu'en soient les modalités, était ressentie comme le signe avant-coureur d'un événement tout aussi considérable, sinon plus : la Fin des temps.

La résurrection du Nazôréen devait marquer le tournant de l'Histoire. Dans la pensée des premiers croyants, elle était en effet indissociable de l'Apocalypse attendue comme imminente.

Le christianisme, ensuite, a dû retarder sans cesse l'échéance de cette fin des temps, de l'avènement du Royaume de Dieu, du Jugement dernier, du retour glorieux du Christ accompagnant la réssurrection des morts. Et, selon la célèbre formule d'Alfred Loisy, « on attendait la parousie et c'est l'Église qui est venue ».

Glossaire

APOCRYPHE : du grec, « *soustrait au regard* », « *caché* », « *secret* ». Le terme qualifie les écrits religieux non reconnus par les canons de l'Ancien et du Nouveau Testament. Il existe des évangiles apocryphes, des actes apocryphes, des apocalypses apocryphes... qui s'opposent aux textes canoniques.

CANONIQUE : quasiment fixé à la fin du IVe siècle, le canon est la liste officiellement admise des Écritures chrétiennes. Le Nouveau Testament est constitué de vingt-sept livres canoniques.

CORPUS : selon Bernard Dubourg, « agrégat de textes tendant à prendre l'aspect d'un tout cohérent ».

DEUTÉRONOME : de l'hébreu « *seconde loi* », il est le dernier livre du Pentateuque, c'est-à-dire de la loi hébraïque, la Torah. C'est un code religieux.

DOCÈTE : du grec « *sembler* »; les docètes défendaient l'idée que Jésus n'était qu'un être spirituel; qu'il n'avait été crucifié qu'en image.

ÉCRITURE : on appelle « Écriture », d'un point de vue chrétien, les textes de la Bible hébraïque; dans le Nouveau Testament, l'Écriture, « ce qui est écrit », constitue la référence fondamentale.

ÉVANGILE : du mot grec « *bonne nouvelle* », il devient après le IIe siècle la façon de désigner le genre littéraire qui met en scène sous la forme d'un récit l'annonce de cette « bonne nouvelle », c'est-à-dire la vie et la mort de Jésus-Christ.

EXÉGÈSE : du mot grec signifiant « *explication* », il indique la recherche du sens d'un texte. Les exégètes sont ceux qui se consacrent à ce travail. L'usage du mot est quasiment limité à l'étude de l'Ancien et du Nouveau Testament.

EXODE : désigne la migration que plusieurs tribus juives firent d'Égypte en Canaan, au XIIe siècle avant notre ère. Le deuxième livre du Pentateuque porte ce nom.

GNOSE : doctrine philosophico-religieuse, née avant notre ère chrétienne, proposant une « connaissance révélée » (*gnosis*, en grec) supérieure et ésotérique des mystères de Dieu, de l'homme et du monde. Les gnostiques seront un courant de pensée très puissant, y compris dans certains courants du christianisme primitif qui refusent la réalité de l'incarnation de Jésus…

MISHNA : du mot hébreu « *répétition* », il désigne la partie la plus ancienne du Talmud, mise par écrit au IIe siècle de notre ère.

PENTATEUQUE : cinq premiers livres de la Bible (Genèse, Exode, Lévitique, Nombres, Deutéronome) constituant pour les Juifs la Loi par excellence, la Torah.

PÈRES DE L'ÉGLISE : écrivains chrétiens de langue grecque ou latine qui, de la fin du Ier au VIe siècle, ont explicité la doctrine chrétienne. La « patristique » est l'ensemble de leurs œuvres.

RECENSION : forme – fidèle ou non – donnée à un texte ancien par un copiste ou un éditeur postérieur.

SANHÉDRIN : assemblée juive de soixante et onze membres ; il fonctionne jusqu'à la destruction du Temple en 70 comme l'autorité suprême en matière religieuse et politique. Le Sanhédrin siège dans le Temple de Jérusalem.

SEPTANTE : nom donné à la traduction grecque de la Bible hébraïque (IIIe-IIe siècle avant J.-C.) que la légende attribuait à soixante-dix (ou soixante-douze) Juifs d'Alexandrie.

SHABBAT ou **SABBAT** : repos hebdomadaire (du vendredi soir au samedi soir) que la Loi impose aux Juifs pour le consacrer à Dieu.

SYNOPTIQUES : qualificatif des Évangiles de Matthieu, Marc et Luc, qui se prêtent, par leurs nombreuses similitudes, à la mise en parallèle des textes traitant du même thème, et qui permettent leur comparaison « d'un seul regard » (en grec, *sunopsis*). De ce fait, les synoptiques diffèrent du quatrième Évangile, l'Évangile de Jean, dont le récit est composé très différemment.

TALMUD : ensemble de la loi juive orale, mise par écrit par les rabbins. On distingue le Talmud de Jérusalem (IVe siècle de notre ère) et le Talmud de Babylone (Ve siècle de notre ère), plus complet.

TORAH : codification écrite de la Loi juive, attribuée à Moïse et transmise par le Pentateuque, c'est-à-dire les Livres de la Bible suivants : la Genèse, l'Exode, le Lévitique, les Nombres et le Deutéronome.

TRADITION : histoire d'un texte depuis les matériaux primitifs jusqu'à la forme littéraire connue aujourd'hui.

VARIANTE : états différents d'un même texte dont on retrouve à travers les manuscrits, les citations, les traductions, des attestations différentes. Il en existe environ cent mille pour le Nouveau Testament

Chronologie

env. - 1000	Royaume d'Israël fondé par David.
env. - 930	Séparation du Royaume du Sud (Juda) et du Royaume du Nord (Israël).
- 720	Invasion par les Assyriens du royaume d'Israël.
- 590	Prise de Jérusalem et de Juda par les Babyloniens.
- 166	Soulèvement des Macchabées.
- 63	Prise de Jérusalem par Pompée.
- 4	Mort d'Hérode le Grand, roi des Juifs, et division de son royaume.
0	Point théorique du début de l'ère chrétienne.
4	Hérode Antipas devient tétrarque de Galilée (jusqu'en 39).
6	La Judée et la Samarie deviennent provinces romaines sous administration directe. Soulèvement de Judas le Galiléen.
14	Tibère, empereur jusqu'en 37.
18	Caïphe, Grand Prêtre du Temple de Jérusalem jusqu'en 36.
26	Ponce Pilate, préfet de Judée jusqu'en 36.
vers 30	Mort de Jésus ?
37	Caligula, empereur.
41 ou 49	Décret de Claude expulsant les Juifs de Rome.
env. 55	Première Épître aux Corinthiens de Paul.
54	Néron, empereur.
62	Lapidation de Jacques, frère de Jésus.
66 - 70	Révolte juive et destruction du Temple. Prise de Jérusalem par les Romains.
73	Chute de Massada.
132 - 135	Seconde révolte juive sous la conduite de Simon Bar Koshba.
env. 134	Jérusalem devient Ælia Capitolina et est interdite aux Juifs
env. 135	Papyrus Ryland – fragment le plus ancien d'un Évangile jamais découvert.
env.175	Papyrus Bodmer – exemplaire le plus ancien d'une copie presque complète de l'Évangile de Jean.
env. 325	L'empereur Constantin se convertit au christianisme.

Repères historiques

Hérode Ier ou Hérode le Grand : fondateur de la dynastie hérodienne qui collabore avec les Romains, il se fait proclamer roi et se maintient au pouvoir de 37 à 4 avant J.-C. C'est sous son règne qu'est située traditionnellement la naissance de Jésus.
Hérode Antipas (ou Hérode dans les récits de la vie publique de Jésus) : tétrarque de Galilée de 4 avant J.-C. à 39 après J.-C.
Hérode Agrippa : petit-fils d'Hérode Ier, il reconstitua pour une brève période (41 - 44 après J.-C.) le royaume de son grand-père, grâce à l'appui des empereurs Caligula et Claude.
Archelaüs (Hérode) : fils d'Hérode Ier, il avait reçu à la mort de son père (4 avant J.-C.) le gouvernement de la Judée, de la Samarie et de l'Idumée, mais fut déposé par Auguste (6 après J.-C.) et la Judée passa sous la tutelle directe de Rome.
Hérode Philippe Ier : appelé simplement Philippe dans les Évangiles : un des fils d'Hérode Ier, tétrarque des régions transjordaniennes (4 avant J.-C. - 34 après J.-C.).
Hérodien : désigne la dynastie originaire d'Idumée dont les membres ont gouverné tout ou partie de la Palestine, sous des titres divers, de 47 avant J.-C. à la prise de Jérusalem par Titus (70 après J.-C.).
Ponce Pilate : préfet de Judée de 26 à 36 après J.-C. Sa présence en Palestine est attestée autant dans les œuvres de Flavius Josèphe et de Philon d'Alexandrie que par une pierre portant son nom découverte à Césarée.
Prêtre (Grand Prêtre) : dans la religion judaïque, membre d'une des familles sacerdotales responsables du service cultuel

au Temple ; dans les Évangiles, il est fait mention d'Ann (Grand Prêtre de 6 à 15) et de son beau-fils (?) Caïphe (Grand Prêtre de 18 à 35).

Pharisien : parti religieux-laïc opposé au pouvoir des Sadducéens. Après la chute du Temple, les Pharisiens seront ceux qui reconstruiront le judaïsme pour lui donner la forme que nous lui connaissons aujourd'hui.

Qumrân : site archéologique au nord-est de la mer Morte où l'on a mis au jour, à partir de 1947, un ensemble de bâtiments de type monastique ayant abrité une communauté. Ceux-ci semblent avoir été violemment détruits au cours de la révolte juive de 66 - 70 après J.-C. On y a retrouvé de nombreux manuscrits bibliques et sectaires datant de cette époque.

Samaritain : communauté juive dissidente dont la rupture avec le judaïsme date de 925 av. J.-C. environ. Leur temple, rival de celui de Jérusalem, est situé sur le mont de Garizim.

Saducéen : secte juive dont les membres appartenaient surtout à l'aristocratie sacerdotale et jouaient un rôle politique important.

Temple : le premier Temple a été édifié au temps de Salomon (Xe siècle avant J.-C.) et détruit par les Babyloniens. Le Temple du temps de Jésus est le second rebâti au retour d'exil (VIe siècle) et considérablement aménagé et enrichi par Hérode le Grand à partir de l'an - 20. Sa destruction au cours de la prise de Jérusalem par Titus (70 après J.-C.) marque l'écrasement de la première révolte juive.

Zélote : parti juif religieux politique fondé par Judas le Galiléen en vue de s'opposer au recensement de Quirinius. Les zélotes menèrent une lutte à la fois contre les Romains et contre les Juifs soupçonnés de collaborer avec eux par manque de zèle envers Dieu.

Bio-bibliographies des participants

- **Christian-Bernard Amphoux** est spécialiste de l'histoire du texte et de la langue du Nouveau Testament. Chercheur au CNRS, il dirige le Centre de recherches textuelles Jean-Duplacy à Lunel-Montpellier. Il a notamment publié, avec Léon Vaganay, *Initiation à la critique textuelle du Nouveau Testament* (Cerf, 1986), ainsi que *La Parole qui devint Évangile* (Éditions du Seuil, 1993) et *L'Évangile selon Matthieu, Codex de Bèze* (Le Bois d'Orion, 1996).
- **Moshe Bar-Ascher**, linguiste, enseigne à l'Université de Jérusalem. Il est président de l'Académie des langues hébraïques d'Israël. Il a publié de nombreux articles sur les langues sémitiques, leur histoire, leur grammaire. Parmi ses livres, citons : *Palestinian and Grammatical Problems* (1977), *The Tradition of Michnaic Hebrew in the Communities of Italy* (1980).
- **Marie-Émile Boismard** travaille depuis de nombreuses années à l'École biblique et archéologique de Jérusalem. Spécialiste de l'Évangile de Jean, il a édité les trois tomes de la *Synopse des Évangiles* (en collaboration avec P. Benoît et A. Lamouille). Cet ouvrage de référence a également été traduit à travers le monde. Ses recherches concernent principalement la critique textuelle comme en témoignent *La Vie des Évangiles*, avec A. Lamouille (Cerf, 1980) et surtout *Moïse ou Jésus* (Leuven University Press, 1988). Il est également l'auteur de *Faut-il encore parler de « résurrection » ?* (Cerf, 1995) et de *À l'aube du christianisme, avant la naissance des dogmes* (Cerf, 1998).
- **Alan Culpepper** (Mercer University, Atlanta), spécialiste de l'Évangile de Jean du point de vue de la critique narrative, a

notamment publié aux États-Unis *Anatomy of the Fourth Gospel. A Study in Literary Design* (1983), *The Johannine School* (1975), *John the Son of Zebedee : the Life of a Legend* (1994).

- **Joseph A. Fitzmyer**, jésuite, est professeur émérite de l'Université catholique d'Amérique à Washington. Spécialiste de l'Évangile de Luc, sur lequel il a publié un vaste commentaire, il l'est aussi des questions touchant aux origines sémitiques des textes évangéliques, notamment son substrat araméen. Il a publié de très nombreux livres, parmi lesquels *Essays on the Semitic Background of the New Testament, The Dead Sea Scrolls, The Gospel according to Luke, The Gospel according to Paul*...
- **Ennio Floris**, originaire de Cagliari (Sardaigne), est docteur en théologie de l'Angelicum de Rome et docteur en philosophie de l'université de Paris. Il est l'auteur de *Sous le Christ, Jésus* (Flammarion, 1987) où il développe sa méthode d'analyse référentielle des Évangiles. Il prépare actuellement un essai sur Judas.
- **Sean Freyne** est professeur de théologie au Département d'Études hébraïques, bibliques et théologiques du Trinity College de l'université de Dublin et membre du comité de rédaction de la revue internationale *Concilium*. C'est un spécialiste de l'histoire sociale et politique de la Galilée au Ier siècle, à laquelle ont été consacrées la plupart de ses publications.
- **Pierre Geoltrain**, directeur d'études à l'École pratique des hautes études (Paris), est spécialiste de l'histoire des idées et des origines du christianisme. Il a dirigé, avec François Bovon, l'édition des *Écrits apocryphes chrétiens* pour la Bibliothèque de La Pléiade chez Gallimard (1997).
- **Christian Grappe**, maître de conférences à la Faculté de théologie protestante de l'université des Sciences humaines de Strasbourg, a publié aux Presses universitaires de France *D'un Temple à l'autre* (1992) et *Images de Pierre aux deux premiers siècles* (1995). Il travaille principalement sur le premier christianisme de l'Église de Jérusalem.
- **Pierre Grelot**, professeur honoraire à l'Institut catholique de Paris (École des langues orientales anciennes et Faculté de théologie),

a été membre de la Commission biblique pontificale. Auteur de nombreuses participations à des encyclopédies et volumes collectifs ainsi que de plus d'une vingtaine d'ouvrages d'exégèse et de théologie biblique (dernièrement : *La Tradition apostolique*, *Réponse à Eugène Drewermann*, *Dieu le Père de Jésus-Christ*, *Les Juifs dans l'Évangile selon Jean)*, il est également un des grands spécialistes de l'araméen du Nouveau Testament – citons notamment *L'Origine des Évangiles*, *Controverse avec Jean Carmignac* (Cerf, 1986). Il vient de publier les deux tomes de *Jésus de Nazareth, Christ et Seigneur* (Cerf, 1997-1998).

- **Martin Hengel**, professeur émérite de Nouveau Testament et d'Antiquités juives à l'université de Tübingen. Depuis son classique *Die Zeloten* (1961), ses livres sont traduits en neuf langues. Citons : *La Crucifixion dans l'Antiquité* (Cerf, 1981) et dernièrement *The Prechristian Paul* (1991), *Judaïca et Hellenistica* (1996), *Paul between Damascus and Antioch* (1997).
- **Éric Junod**, actuellement recteur de l'université de Lausanne, enseigne l'histoire du christianisme à la Faculté de théologie. Spécialiste du christianisme primitif, ses publications concernent principalement Origène, Philon d'Alexandrie et les apocryphes du Nouveau Testament comme *L'Évangile de Pierre* dont il a assuré une nouvelle édition commentée pour La Pléiade (Gallimard).
- **Jean-Pierre Lemonon**, professeur d'exégèse néo-testamentaire et d'histoire du Ier siècle à la Faculté de théologie de l'Université catholique de Lyon dont il a été le doyen (1985-1991), est l'auteur de l'ouvrage de référence sur Ponce Pilate, *Pilate et le gouvernement de Judée* (Gabalda, 1981) et récemment, avec J. Comby, de *Rome face à Jérusalem, regards des auteurs grecs et latins* (Cerf, 1992). Il a aussi publié *Le Monde où vivait Jésus* en collaboration avec H. Cousin et J. Massonnet (Cerf, 1997).
- **Malcom Lowe,** membre de l'Œcumenical Theological Research Fraternity en Israël, est également l'éditeur de la revue *Immanuel* et travaille tout particulièrement sur le dialogue chrétiens-Juifs à travers le Nouveau Testament.
- **Hyam Maccoby**, professeur au Leo Baeck College de Londres,

a été rédacteur en chef de *The Jewish Quaterly*. Il a publié notamment *Revolution in Judaea (Jesus and the Jewish Resistance)* (1980), *Judas Iscariot and the Myth of Jewish Evil* (1992). Son dernier livre est *A Pariah People : the Anthropology of Antisemitism* (1996), traduit en français : *Paul et l'invention du christianisme* (Lieu commun, 1987).

- **Daniel Marguerat**, professeur de Nouveau Testament à l'université de Lausanne, où il travaille au sein de l'Institut des Sciences bibliques. À côté de livres destinés à un plus large public, notamment *L'Homme qui venait de Nazareth* (Éd. du Moulin, 1990), il dirige aux Éditions Labor et Fidès à Genève la collection « Le Monde de la Bible » où il a publié Oscar Cullmann, François Bovon, Jean Zumstein, Maurice Carrez, J.-D. Kaestli, François Vouga, Pierre Prigent et son *Jugement dans l'Évangile de Matthieu* (1981). Il vient de diriger *Le Déchirement. Juifs et chrétiens au Ier siècle* (Labor et Fidès, 1996).
- **Frans Neirynck,** professeur émérite de l'université de Louvain (Leuven), édite de nombreuses revues et est l'auteur d'un nombre considérable d'articles consacrés à l'étude du texte du Nouveau Testament. Notons, parmi son importante bibliographie, ses ouvrages les plus récents chez Leuven University Press : *Q-Synopsis : The Double Tradition Passages in Greek* (1988 et 1995), *The Minor Agreements in a Horizontal-Line Synopsis* (1991), *Evangelica II : 1982-1991* (1991), *The Gospel of Mark* A Cumulative Bibliography : 1950-1990 (1992). Trois volumes de *Mélanges* lui ont été consacrés en 1992. *The Four Gospels, Festschrift Frans Neirynck* (1992).
- **Étienne Nodet**, ancien élève de l'École polytechnique, dominicain de l'École biblique et archéologique française de Jérusalem, assure la traduction et l'édition commentée des *Antiquités juives* de Flavius Josèphe (sur les huit prévus, deux volumes sont parus aux éditions du Cerf). Après son *Essai sur les origines du judaïsme* chez le même éditeur, il a publié, en collaboration avec Justin Taylor, *Essai sur les origines du christianisme* (1997).
- **Enrico Norelli** enseigne à la Faculté autonome de théologie protestante de l'Université de Genève. Ses publications portent

principalement sur la littérature apocryphe, les apologistes, Marcion, Irénée de Lyon, les doctrines eschatologiques, le rapport avec le judaïsme et l'histoire de l'exégèse chrétienne ancienne. Il est l'auteur de plusieurs ouvrages sur *L'Ascension d'Isaïe* dont une édition traduite et commentée chez Brepols (1993) ainsi que pour La Pléiade (Gallimard, 1997). Avec Daniel Marguerat et J.-M. Posset, il a dirigé la publication du volume collectif *Jésus de Nazareth, nouvelles approches d'une énigme* (Labor et Fidès, 1998).

- **Charles Perrot,** professeur honoraire de l'Institut catholique de Paris, bibliste, spécialiste du judaïsme contemporain de Jésus, est, en particulier, l'auteur de *Jésus et l'Histoire* (Desclée, 1993), devenu un livre de référence sur la question historique à propos de Jésus et du judéo-christianisme des premiers temps. Il vient de publier *Jésus de Nazareth, Christ et seigneur des premiers chrétiens* (Desclée, 1997).
- **Émile Puech**, directeur de recherches au CNRS, est co-éditeur en chef des manuscrits de la mer Morte, directeur de la *Revue de Qumrân*. Épigraphiste, il a publié un nombre considérable d'articles dans des revues du monde entier... Il est également membre de la Société des lettres, sciences et art de l'Aveyron (Rodez), membre du Conseil éditorial de la revue *Le Monde de la Bible* (Bayard) et consultant pour le projet de l'*Encyclopædia of the Dead Scrolls* (New York). Il est co-auteur du volume collectif *Qumrân et les manuscrits de la mer Morte, un cinquantenaire* (Cerf, 1997).
- **Daniel Schwartz** est professeur au Département d'Histoire juive à l'Université hébraïque de Jérusalem. Il a publié : *Agrippa I : The Last King of Judea* (1990) et *Studies in the Jewish Background of Christianity* (1992). Il prépare actuellement une édition critique du *Second Livre des Macchabées* dont il assurera aussi la traduction.
- **Jean-Marie Sevrin,** spécialiste de l'Évangile selon Jean et des écrits gnostiques coptes, enseigne à la Faculté de théologie et de droit canonique de l'Université catholique de Louvain-la-Neuve. Hormis ses publications concernant les textes de Nag Hamadi,

il a dirigé *The New Testament in Early Christianity*, la réception des écrits néo-testamentaires dans le christianisme primitif (Leuven Universtiy Press, 1989).

- **Guy Gedaliahu Stroumsa,** spécialiste de la Gnose, enseigne à l'Université hébraïque de Jérusalem. Il a publié des textes dans de nombreux ouvrages collectifs et, à titre individuel : *Another Seed : Studies in Gnostic Mythology* (1984), *Savoir et Salut* (Cerf, 1992), *Hidden Wisolom : Esoteric Traditions and the Roots of Christian Mysticism* (1996).
- **Étienne Trocmé,** professeur émérite de l'université des Sciences humaines de Strasbourg, a été président de Strasbourg-II, doyen de la Faculté de théologie protestante et premier vice-président de la conférence des présidents d'université. Il est directeur de la *Revue d'histoire et de philosophie religieuse*, et préside notamment la Société internationale pour l'étude du Nouveau Testament et la Société Ernest-Renan. Parmi ses publications : *La Formation de l'Évangile selon Marc* (PUF, 1963), *Jésus de Nazareth vu par les témoins de sa vie* (Delachaux et Niestlé, 1972), *The Passion as Liturgy* (1983), *L'Enfance du christianisme* (Éditions Noêsis, 1997).
- **Gerd Theissen** est professeur de Nouveau Testament au Séminaire de théologie protestante de l'université de Heidelberg. Spécialiste de la sociologie de la Palestine au Ier siècle, il lui a consacré plusieurs de ses ouvrages. Certains ont été traduits en français : *Le Christianisme de Jésus* (1978), *Histoire sociale du christianisme primitif* (1996) et *L'Ombre du Galiléen, récit historique* (Cerf, 1994). Il vient de faire paraître, avec A. Merz, *Der Historiche Jesus* (1996).
- **Joe Zias,** anthropologue au département des Antiquités israéliennes, où il travaille au musée Rockefeller, a publié de très nombreuses études, notamment sur les ossements du seul crucifié jamais découvert, *The Crucified Man from Giv'at ha Mirta*. Il a aussi travaillé à la question de la crucifixion elle-même, tant sur le plan historique que sur le plan médical (et sur l'histoire de ses représentations).

Repères bibliographiques

- P. Benoît et M.-É. Boismard : *Synopse des quatre Évangiles* (Cerf, 1990)
- Pierre-Antoine Bernheim, *Jacques, frère de Jésus* (Editions Noêsis, 1996)
- Marie-Émile Boismard : *Moïse ou Jésus* (Leuven University Press, 1988)
- S.G.F. Brandon : *Jésus et les zélotes* (Flammarion, 1975)
- Rudolph Bultmann : *Jésus, mythologie et démythologisation* (Le Seuil, 1968)
- Collectif : *Les Évangiles* (Desclée de Brouwer, 1990)
- Oscar Cullmann : *Jésus et les révolutionnaires de son temps* (Delachaux et Niestlé)
- Bernard Dubourg : *L'Invention de Jésus*, tomes 1 et 2 (Gallimard, collection L'Infini, 1987 et 1989)
- Ennio Floris : *Sous le Christ, Jésus* (Flammarion, 1987)
- Paula Fredriksen, *De Jésus aux Christs* (Cerf, 1992)
- Charles Guignebert : *Jésus* (Albin Michel, réédition 1969), *Le Christ* (Albin Michel, réedition 1969)
- Pierre Grelot : *Les Juifs dans l'Évangile selon Jean* (Gabalda, 1995), *L'Espérance juive à l'heure de Jésus* (Desclée, 1996)
- Mireille Hadas-Lebel : *L'Hébreu, trois mille ans d'histoire* (Albin Michel, 1992), *Flavius Josèphe* (Fayard, 1989)
- Tristan Hannaniel : *Les Controverses du christianisme* (Bordas, 1992)
- Helmut Koester et François Bovon : *Genèse de l'écriture chrétienne* (Brépols, 1991)
- Simon Légasse : *Le Procès de Jésus*, tomes 1 et 2 (Cerf, 1994)
- Charles Perrot : *Jésus et l'Histoire* (Desclée, 1993)

◆ *Écrits apocryphes chrétiens* (Gallimard, La Pléiade, 1997)
◆ Michel Quesnel, *L'Histoire des Évangiles* (Cerf, 1987)
◆ Louis Rougier, *La Genèse des dogmes chrétiens* (Albin Michel, 1972)
◆ Graham Stanton, *Parole d'Evangile?* (Cerf, 1997)
◆ Raoul Vaneigem : *La Résistance au christianisme* (Fayard, 1993)
◆ François Vouga, *Les Premiers pas du christianisme* (Labor et Fidès, 1998)
◆ Sous la direction de J.-D. Kaestli et D. Marguerat : *Le Mystère apocryphe* (Labor et Fidès, 1995)

Pour mémoire, nous renvoyons à quelques textes fondamentaux mais disponibles uniquement en bibliothèque :
◆ l'ensemble de l'œuvre d'Alfred Loisy (1856-1940),
◆ Maurice Goguel : *Jésus* et *La Naissance du christianisme*,
◆ Joseph Klausner : *Jésus de Nazareth*,

et les ouvrages des historiens rationalistes comme Prosper Alfaric, P.-L. Couchoud, Georges Ory ou Daniel Massé.

Les citations d'Origène, *Contre Celse* (traduction Marcel Borret), de Tertullien, *Contre Marcion* (traduction René Braun), de Méliton de Sardes, *Sur la Pâque* (traduction Marcel Borret), de *L'Évangile de Pierre* (traduction M.-G. Mara) proviennent de la collection Sources chrétiennes (Cerf).

L'œuvre de Justin, présentée par Jean-Daniel Dubois, traduite par G. Archambault et L. Pautigny a été publiée par les éditions Migne-Brépols (1994).
Les éditions du Cerf assurent l'édition de Philon d'Alexandrie et en particulier de *Legatio ad Caïum* (traduction André Pelletier) et des *Antiquités juives* de Flavius Josèphe (traduction en cours sous la direction de Étienne Nodet).
La Guerre des Juifs, présentée par Pierre Vidal-Naquet (traduction Pierre Savinel), est publiée par les éditions de Minuit (1977).

Ecrivains et cinéastes, **Gérard Mordillat** et **Jérôme Prieur** ont réalisé ensemble un grand documentaire, *La Véritable Histoire d'Artaud le Momo* (avec Paule Thévenin, Marthe Robert, Henri Thomas, Jacqueline Adamov et Henri Pichette), puis écrit pour le cinéma l'adaptation du journal de Jacques Prevel, *En compagnie d'Antonin Artaud*, réalisé par Gérard Mordillat – avec Sami Frey, Marc Barbé, Julie Jézéquel, Charlotte Valandrey et Valérie Jeannet.

Au terme de ces deux films, Gérard Mordillat et Jérôme Prieur ont assumé la nouvelle édition commentée de l'œuvre de Jacques Prevel, *En compagnie d'Antonin Artaud* suivi de *Poèmes* (Flammarion).

Ce travail de référence sur Antonin Artaud a été récompensé par le prix de l'Académie Charles-Cros, le prix Max-Pol-Fouchet de la Société des gens de lettres et le Prix spécial de la Société des auteurs et compositeurs dramatiques. Enfin, ils ont reçu la médaille Yedi-Frends pour leurs recherches.

Achevé d'imprimer en mars 1998,
sur papier recyclé Ricarta-Pigna par G. Canale & C. SpA (Turin, Italie)